LA OTRA ORiLLA

Para Martina

Las ilustraciones de este libro fueron hechas en témpera sobre cartón piedra y realizadas con la esperanza de que los distintos de este mundo puedan conocerse y comprenderse.

Marta Carrasco

Edición a cargo de Verónica Uribe
Diseño: Martín Uribe Ruiz-Tagle

Octava edición, 2022

Av. Luis Roche, Edif. Banco del Libro, Altamira Sur. Caracas 1060, Venezuela

C/ Sant Agustí, 6, bajos. 08012 Barcelona, España

www.ekare.com

ISBN 978-84-934863-6-5 · Depósito legal B.30653.2012

ISBN Chile: 978-956-8868-59-8

Impreso en Barcelona por Índice Arts Gràfiques

LA OTRA ORiLLA

Marta Carrasco

Ediciones Ekaré

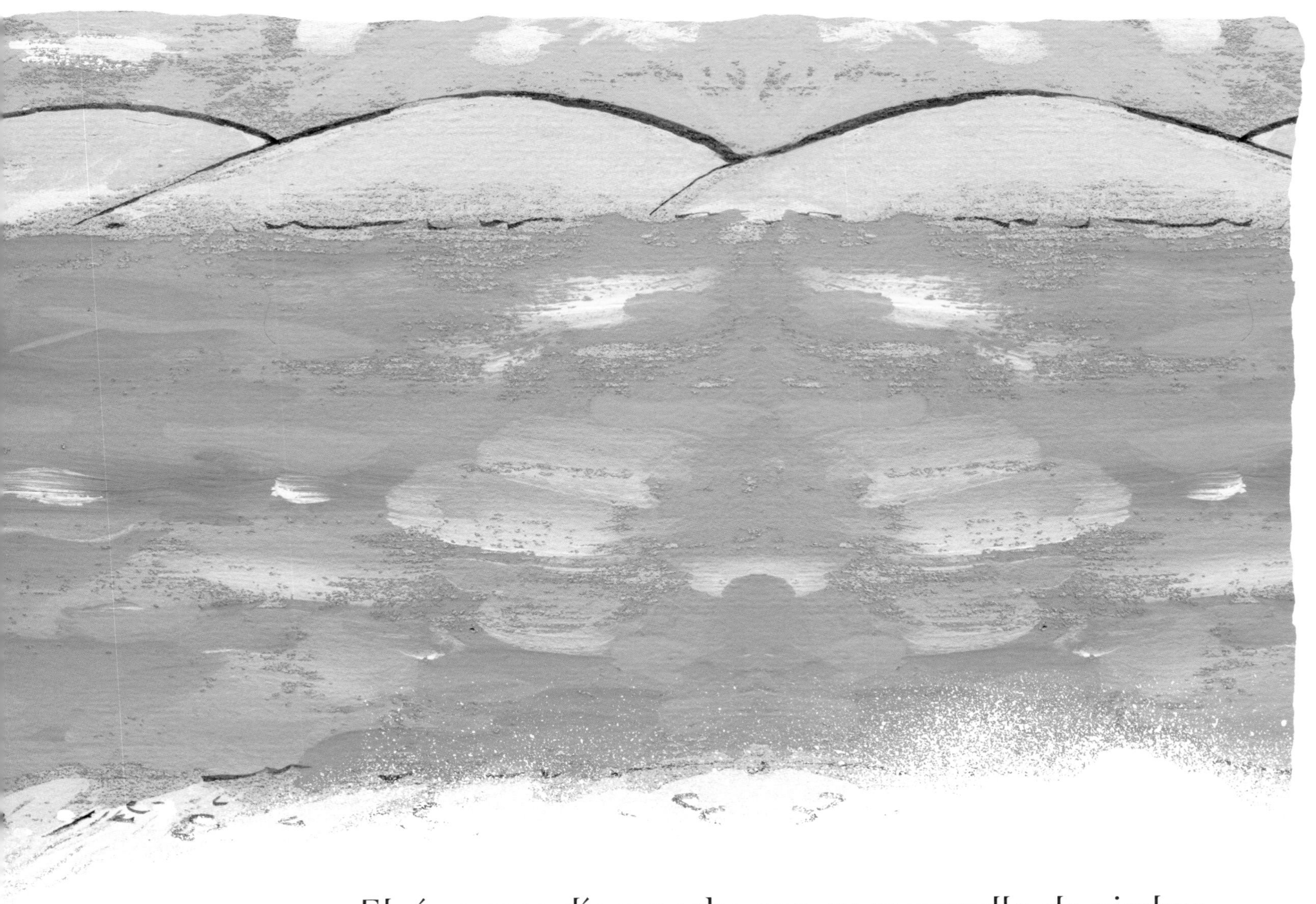

El río suena día y noche con su murmullo de piedras.

Esta es nuestra orilla. Mi madre canta mientras trabaja
y su voz se oye sobre el rumor del río.

En la otra orilla, hay un poblado lejano.
Dicen que allí la gente es distinta,
que comen comidas raras, que nunca se peinan,
que son vagos y bochincheros.

Está prohibido cruzar el río.
–No debes ir nunca a la otra orilla –ordena mi padre.
–No los mires –dice mi madre–. Son distintos.

Yo escucho mientras peino mi pelo liso
con mi peineta de hueso.
Y los de la otra orilla, ¿qué dirán de nosotros?

Un día, un niño de allá me hizo señas.
Yo miré hacia otro lado. Pero él siguió allí.

Finalmente, yo también levanté los brazos para saludarlo.
Alcancé a ver que sonreía. No sé por qué, yo también sonreí.

Al día siguiente, muy temprano, fui a la orilla del río
y me encontré con una sorpresa.

Allá, en la otra orilla, divisé a mi amigo.
Tenía en la mano una larga cuerda que atravesaba el río.

Poco a poco se acortó la distancia que nos separaba.
El corazón me latía *dum dum*, *dum dum*.

De pronto, el sol desapareció; se encresparon las aguas y un rayo iluminó el cielo. Retumbaron truenos a lo lejos. Sentí miedo y me acurruqué.

Cuando llegué a la otra orilla, mi amigo me ayudó a bajar.
Sus manos estaban muy tibias.

Luego, corrimos bajo la lluvia.

Su familia nos esperaba. Eran muy raros:
rubios y despeinados, vestidos de muchos colores.

Hablaban gritando y todos al mismo tiempo.
Quise regresar…

Pero en ese momento sentí un olor delicioso:
un olor a pan recién sacado del horno.
¡Era el mismo olor del pan de mi casa!

La madre nos sirvió leche caliente
y se me pasó el frío que traía de afuera.

El padre es pescador, como mi papá.
La abuela teje chales, como mi abuela.
Los chicos juegan con las piedras del río, como mi hermano.

Nos hicimos amigos.
Él es Nicolás y yo soy la Graciela.
Somos distintos y también muy parecidos.

Es una amistad secreta, por ahora.
Pero los dos tenemos un sueño.
Cuando seamos grandes, construiremos un puente
sobre el río.

Así, los de allá cruzarán a visitarnos,
los de acá iremos a verlos
millones de veces y...

... sobre el rumor del río se escucharán los saludos y las risas.